かわゆげなるもの

原田道子

思潮社

かわゆげなるもの

原田道子

思潮社

かわゆげなるもの

原田道子

もくじ

I

書＝稲田浩子
装幀＝思潮社装幀室

かわゆげなるもの

I

種のシャッフル

＊

ふりそそぐ映像が乱れる西の子宮《こみや》
謎めくイクサは種のシャッフルだ。と誰がいったか
〈海岸線〉にさばしる
〈ゆき〉のイクサが礫になるまえに
ふぁあ
ふぁあ　ふぁあ　ふぁあ。あ

ふかふかのちいさな毛布《けっと》に足を絡めて
それはちいさな風を奏でる
後ろ向きにちょこんとすわって
目鼻がない　ひな形などない
いまだ周りのなにものでもない
すでに泥まみれのヒトがいる　魚がいる
息をひそめる　死にきれないひまわりの影が
海岸線をどこまでものびて　近未来にまでのびて
あるといえばある　次の種にかわろうとするあれは
この惑星のあかい洞穴にうごめく〈いのち〉と　明日と昨日が
混戦《あやな》す二十一世紀　水瓶座の感覚いっそう謎めいて
尾をひるがえす微生物が透けてみえる水の凹みに
いえ　いっそ熱線が渦まくものだから
明日の、明日の草木が　泥まみれの花が
〈ゆき〉の野原に
きっとみえてくるよ。と　こくり　うなずきあって

ときに　ヘクサグラムの結晶を
やさしく統べるあのこも　このこも

なにか
さえぎるようでもある　つなぐようでもある
ぼうやたちが眠るのは　いとしいものの死ではないよね
眠ってすべてがはじまる　これがふつうだといいのにね
せわしく動いている死　どれくらいの言葉をかわせるの
さざなみが線になる種のために
たぶんねじれる螺旋の鍵穴がにおいたっている

**

あ。呪文めく
生ノカタチをシャッフルする
ゆき。これもぼくら

語《ことば》のないぼくら
語《ことば》のない
イクサのない
においたつものがある
これこそが吉なのか凶なのか
ぼくらにしか祈れない未来記であろうとする
そうともいえる春のゆきやま　絵図をめくれば

ざ。ざざぁ
ざ。ざざぁ。ざざ
焼夷弾のにおいがする
いいえ。あれは抉られる壕に砕ける骨のにおい
あまたの〈いのち〉が震えているひくぅいノイズ
抉られるぼくらの身の内に　陸《くが》の内に響きわたる
ゆきの礫がすさぶ　〈いのち〉の紐が
ねじれる海岸線にちらちらとする

量子があらい映像のみだれは
ぼくらの
死ニキレナイ
鎧ノヨウニ硬ク形ニナレナイ

皮膚が頽れる　そう陰画をまわそうとする
これこそ　語《ことば》のないぼくらのノイズ

礫が形になる〈明日〉にいるのもぼくらで
一〇〇〇〇〇年もの絵図をながめているのもぼくらで

ながぁいこと
血をながしただそこにある
ふりかえられることもないまま
ゆらりとたちあがる〈いのち〉のまんなかで
おいでおいでしながら　たゆたっているぼくらの

箍がはずれたのは。異火《ことひ》だけではないから

＊＊＊

オンカロの凹みに
いつでも違う形になる　なれる
でもヒトよりおおきくしてはならない島があってさ。ひっそりとそこに暮らしているはずの　とうさんかあさんが　じつは種《くさ》のしたで殺気をころして棲息しているのか。なんてほんとうはどちらでもいいんだ。しっていてもしらなくてもぼくらが繋がっている〈いのち〉の紐はいつでも　どこでも　ぬうぅっと動《ゆる》ぐものですから。いつの間にかすさぶ礫はあとかたもなく不思議だなぁなんて
撥ねる炎の状《かたち》を窄メレバ
不思議だなぁ
ヒナ型などないぼくらの

だから顔形　腕や脛の形さえないのに
繋がっている　二重螺旋が囓られている感覚
微少な。それはよわぁいエレクトロンボルトで繋がって
いる　ぼくらの情報遺伝子はいまにも毀れそうで。次の
種にかわろうとするナノの恐怖の記憶が。いつだって。
たえまなく顕れるものですから。うまくゆかない
聞きとれないこともあり
あのこも　このこも

かなしい
かなしいのも違うようで
はじまりもおわりもない開かれることのない
マグマがふつふつと撥ねようとする　花弁のような時間
が炎につつまれて呼吸をしていることもあり。未来にも
過去にも黒い舌がいくつにもいくつにも裂けて　しゅう
しゅうぅと〈いのち〉を脅かす黒薔薇にならんと

ぼくらはぼくらに　ぼくらの陰画を伝えようと
あっ。というまに幸うからくりも……ひそかにあり

今宵　においたつ螺旋の方舟に
とても乗れそうもないぼくらではなく
てをとりあい）せわしく乱舞するぼくらが
あるかもしれない島の海岸線で
溶けていくからくりもあり

だからおききよ。砕ける種《くさ》の音を
いいえ。ぼくらの炎が撥ねる状《かたち》を

鬼哭の波動

はあぁっ。とひと息。美しさに訣れたもの
やがてちりぢりに亡びるばかりだと
未来のぼくらもしっているはずだが

あふれやまない
泡のようにずれ動く
あのふかぁい呼吸は
〈ない〉形の手足を喰らう
ちぢれた黒薔薇に酷似する

つのぐむ　あめつちが
ひとつにならんと
手足をうねうね蠢かせる
死者と生者がいる斑の渦に
おともなく
するり
あっという間に

呑みこもうとする星々の戯れ（だといいが

ほら　残酷な春の地をさまよう
もののけのよどみに身を竦めている

まとわりつく不安も嘘ではないから
その　一粒のなみだも嘘ではないから

地鳴りに
息をつめるすぐそこ
ガイアの地底からほとばしる
イクサもあやまちではなく
あやまたずそこにあって。でもでも
きょうは　稚い〈さくら〉の明るさだと
いいのに。ね

ほんとうの名をなのることない
ぽっかりとおおきく凹んだまま棲息する
ひそやかな星の
ヒトのかけらが戦ぎ
咆吼する
太陽がいま　いまにも
つぶれそうな灰色の宇宙に

みずいろ　みず物語のその隅に
あやまちをみつけたのはいつであったか

海のにおいをさせ
かたかたとあまりにも細い首が傾いでいく
あれは　ひとの貌を忘れられぬ泥まみれの鬼

鳴りつづけるアラーム　ふるふると　ふるわせる鬼哭の波動

されど死んだあとも〈さくらいろ〉

ゆきやま異聞

ふるふると五感に糸をはりつめる
はねず色の絵本のようなゆき　あざやぎ

もしかして海の、泥まみれのノイズ

船が陸をさまよう
ものみな滅びのまえの
神々が静止するゆきのひの
アメーバ状の闇が動《とよ》む　一瞬の間があって
死にゆく今と未来をしらせるナノの　またたきは

ひたむきな気配が像をむすぶホログラム。かと
白刃のような眼が
きらりとする宙の
禍々しさおもいおこせば
みよ　それは鬼の身体をかりる
ひくぅい声を喚《あ》げる
みごとな　つのぐむ子宮《こみや》のみえる形なのだが

疾うに
死せるひとの喉をつまらせながら
伝えたいなにもかもがなつかしい
いまにも触れることができそうな
つながりそうな命の紐がひときわ
ぼっぼっ。　ぼっと炎えるあたり
ひとつづきの此岸と彼岸　切崖《きりぎし》あたり
つづいている余震に囚われて異火《ことひ》に逃げまどう　無辜に

いつまでも訪れない死を伝えようとする　言挙げは
神ではなく螺旋の罠だ。と誰がいったか

せめて
ねがわくは
薄墨色の巫女が呼吸をととのえる
あからひく春のゆきやまを
めくる、ぼうやに。あえるといいが

列島の鱗

ひゅ。ひゆゅゅゅ
謎めいて音。音がする
数えきれないくろい異火《ことひ》の鱗が　ゆれて
とうさんかあさんが残そうとする
あかい　あかいちいさな輪が
おおぅきくなろうとする炎が
二度　三度確かに撥ねる
かすかな呼気にちかい
あれは
龍

龍の
二つにわかれる
舌なめずりの物語ではなく
あわだつ列島がすこしずつずれながら
ごろごろとヒト型の文字がさざめく音

ぼくらが　毀れるまえにとうさんの骨が砕ける音

よもの海が吠えています

幣が動《ゆる》いで　呪文がきえて
ぽつぽつりと透きとおってゆくのでしょうか

じつは
ぼくらもしらない
謎めく〈ぼくらの呪文〉は

言祝ぎというものでもないものですから
しろい手が　鱗がゆっくりと灰になるのです

鳥居くぐり

いいえ　いいえ

手足をひらひらさせる眠らないぼうやは
あるときはフォトンの群れである。という
どきり、とする
あやまちの転写もあり
どきりとする、混沌の

ひめやかに
まるごと傾いてくる

子宮《こみや》につながろうとする　まばゆい鳥居《とんねる》に
みちみちているあかぁい　いきもの
透きとおって　かたえの閑かな神域から
かたときも離さない　離せない

あそそに幣をゆらすためらいの死闘は

そう
いまにも
首がおれそうな
ただただ蒼穹に
うとうと。と
浮かんでいる柔肌
あどけないぼうやを
すぐそこ、菫色の目鼻がゆらめく
瓦礫の地球をとん。と優しくたたく

たたけば
免罪符のまみどりに
さりり。と蛇がまきつく
かそけき　かそけき波動に
いにしえの）原生林の）太鼓が　徴が動《とよ》む
ぼうやがくるくると墜ちてゆくあやまちの、そう螺旋なのです

ねむっている神が　あ　あぁっ。と目覚めるほどの

跪いて、このぬくもり

これは最初で最後の警告だという

そっといつまでもかき抱いていたい　孤独な（でも
こんなにもこんなにもまばゆい内臓のかぎろいは

まぎれもなくいま
いまだから語れる　ぼうやの
ぼうやの脳に古《なづき》のまま棲んでいそうな
でも知られることなくいまだに膨張する。ゆらぎは
じつは一三七億年のイクサに

ひそかに隠されている
みなぎる腐臭
朝光《あさかげ》に
いつかともに兄と弟が
ためらいの銃口をむけあうという
そんなことが数えきれないほどある　消滅のはじまり
なんとぼろぼろの内部をうたう
古文書であるか

みぎ
ひだり
ではなく
うえにしたに
ながいながい時間をかけて
生命維持装置をかいくぐって
くねくねとあからひくかそけき波動

いま
跪いて
重力に逆らって
生まれかわらんとする
ガイアのぼうや　ぼくらを虜にする
ひとすじの　蛇《くちなわ》のかそけき動《とよ》み　ぬくもりは

よかった（いつだって
もわもわとそれは弾ける　あらましごと

せぬ、ぼうや

あの菫色は〈かぐや〉の気紛れではなく

二〇〇〇年の闇夜の
かたわらですやすやと寝息をたてる
ちいさな翅を折りたたんでいるぼうやを
くるもうとする　羅　不可思議なかたまりが
くうぉーん
響きはじめる
絶えずいれかわっている明るさ

しなゆの、明日に　ゆらいでいる磬
そっと聴き耳をたてれば

謎めいて
神を間近にさせる
磬の紐をなぞる　なぞれば
ゆるゆると　そう身体が
地軸が傾こうとする
届かんとする声に
あるはずである
おののきは

ときに近づいては遠ざかる願いごとだから
はるか昔に水があったという月の砂から

ふわふわと抜けようとする一羽の兎がいます。と
こんなふうに　たったひとりで祈るぼうやの寝息なのです

息苦しい
なつかしさに
いつしか呼吸をとめる
消滅する謎の〈いのち〉かもしれない
ちいさな手を繋いでいるぼうやは　よい匂いなのですね

かごめ紋絵図

〈しろ〉ではなく
縄文の〈あか〉をまとっている　眉間のすぐそこ
細紋《ささら》　になる
細紋《ささら》　である
細紋《ささら》　ではなくなる
あわいの
あるといえばある
海岸線にあらぶる　ゆき　またゆきは

あめつち動《ゆる》がす　なりゆきで

くく。　くぅと　鳥語ではなく
ヘクサグラムのゆき　きらりとゆらめかせて

結晶をつないで瞬時に統べる　収斂するかごめ紋に弾かれて
ぼうやの〈いのち〉をのせて撓う　脳《なづき》の　グレートウォールに拡散する

いち　たす　いち　が　ぜろ　である
いくつもの現象をうつくしい絵図とでもいうのでしょうか

はじまりも
おわりもない子宮《こみや》の
かすかな感覚ににている
どきり、とする
ゆらめく、あれは

なにもかもがなつかしい
されどねじれる螺旋に間違いなく
ずっと　ずぅっと捜しつづける
秘となづく身の内のからくりに
もしかしてやがてほどかれる
絵図の鬼よ
結び文字にふれる
なくした言葉遊びは
あかくにじんでみせる
おさな児の昔、昔のゆき遊び
うしろの）
正面）だあれ）
手をつないでぴたりととまる
とまるまえに意識する、はじめてのまみえである
それとわかるこぼれおちてくる神との同意に
ゆっくりと呼吸をとめる　とめれば

あるからゼロをこえようとする
らんだむな星々のかたまり
ぼうやを、抱きしめれば
すけすけの宇宙　光年の端にある
蒼い星がふるえている絵図に
また　それとわかる
異火《ことひ》につながれて
それぞれの形でおとずれる死
だからあやなすヒトの酔いどれを
未来にも過去にも転写するはずだが

ガイアのアラームふるふると響きわたり
あかい漆の古の絵図をめくる　苧麻《からむし》ゆらめかせて
あるはずである　二つの星にたどりつく　覚醒は

肩胛骨あたりに
まろうどの羽がめざめ
「容れこ人形だからね」と語るそうな

織りこまれている〈あか〉　一層謎めいて

ヒトという種の量子現象につりあう　聞き覚《おどろ》くからくりなり

Ⅱ

ママンが咲こうとする

——稲葉真弓さんに

なにいろか
もっと柔らかく
ママンが咲こうとする
だからふと。そんな思いにさせる
ほんとうはもうないかもしれない結びめの
きょだいではなく　ちいいぃさな〈はな〉を数《よ》みみれば

左折をくりかえす石段。からり
あれは反転する波《は》祢蘰《ねかづら》。さやに

ひそっとうまれることも
毀れてしまうこともあり

うつろう
ひかりをまいて
二〇〇〇年もまちつづけるぼくらは
くねくねと赤土を捏ね　半島をよそおうはず（はずだから
結びめゆらに。からくりまわし
あそぼあそぼ。満月の呪文
あれは旅立ち
じつは体温の色だけが
ふるふるとあわだつかすかな呼気となり
ふとそんな気がする海のにおいに
息をふきかえすのはいつものことで
まなうらにするする
絶えることない

ママンの
いくつもの
結びめがふるえる
そう聞き覚《おどろ》くからくりに
ないかもしれない　ママンが咲こうとする

非ず、非ず

毀してしまった。むかぁし　むかぁし
みるみる毀してしまうのか。いましばらくはそうなのか

ず。
る。り
りりゅう
いきぐるしい余震のうちに
形をなさずここにいるから。と
原子炉建屋のおぼろなかたちを
死を　そぅっ。と氾げてみせる

おもやかに汜がりみちてゆく瞰下《かんか》に
もののふではない　ぼくらはうなだれて
もがきながら　みおろしている　みおろされている
非ず、非ずの、あらゆる〈いのち〉のかたちは
にぶい装甲車のごとき追いすがる　つづら折の夢。かと

きづけばさ。あったかい、あたたかいんだ　意宇杜《おうのもり》は

「意恵《おゑ》」と杖をついて

つづら折の坂道を　だっとのごとく
たったひとりでくだりおりるさなかに　叫《よば》うこれ
死のにおいをさせる　やさしさのこもごもなれば
いと神《あや》しいそよぎはだれか。この夏の異火《ことひ》の色にたづぬれば
いつだって　陰画のそのなぁを　詳《あきら》かにせず
非ず、非ずの

これ。もののはじめで
もえつきようとするまえの
ひとりひとりの顔が獣のごとく
生いのびようとする一〇〇〇年、二〇〇〇年ののち
空に侚わせる　あらゆるひかりと鞭がしなう
ウミユリのかたちをのりついでいる
神話をぐらりとさせる　明日は。さこそ
くるやくるやの　かけごえさえ聞こえてこようか

＊意恵　神が活動を終えて鎮座するときに発する言葉
（『出雲風土記』より）

ねてはならぬよ　アッサジ

これあるに縁《よ》りて　アッサジあり
これなきに縁《よ》りて　アッサジなし

〈いつか〉
〈そのとき〉
〈空ずるとき〉
群れなす野良犬の遠吠え
〈いのち〉のプラズマが
微かに　確かに　脳《なづき》にゆるいで
どこまでもつづいている鹿野苑の孔に

呑みこんで　いまもたたみこもうとする絵図

だとすれば）ねてはならぬよ　アッサジ

サリー五体を束ね
蓮の花が咲きわう
インドの匂いの総てが
この星の頂にゆら　ゆらめく統覚の夢
方円の器になろうとする水量のゆたかさ　音が観える
そんな気にさせる明呪がゆら　ゆらめいて
耳にゆら　ゆらめいて
いっしゅん　はなやぐ波動
ひとしくある
総てを
この二十一世紀に
ぐにゅぐにゅとあやなす

生者と死者の、これもイクサだとすれば

そう、うろたえる肉《ししむら》を
うめくように、祈るように
いまひとりを、抹殺しようと
〈あかい〉時間
〈きいろい〉時間を噴《ふ》かせば
もとを糺せば

ヒトという種に埋《うず》みこまれている

高下《こうげ》あることなし
子宮《こみや》に偏在するマントラ
明日に繋げられる　それはちいさな言伝
聞き覚《おどろ》くからくりの　それは透きとおって
とどいているはず　はずなのに

とどまれない　とどまらない
ヒトという種のつたなさ
ありようで

インド門をくぐれる　〈そのとき〉

ふき荒ぶノイズも
炎のようなプラズマも嘘でないから。ね

軀のふかいところから
離れようとすれば　あなたではない
あなたのその名を喚ぶ
これあるに縁《よ》りて
もしや）
もしやの）これ
アッサジの、中有の聲だとすれば

ねてはいないはずだが
なかなか伝わらぬのかそうなのか
一向《ひたむき》にひとつになろうとする　往きてかえりし物語
〈いつか〉〈そのとき〉〈空ずるとき〉
　　なおしずかな
　　　いまだ天地《あめつち》奏でる
　　　　これ　アリアなり

*アッサジ　釈尊の弟子の一人で、舎利子を弟子とする

都市の涅槃図

涅槃図のこちらで
口籠もるヒトもきえるはずだが

誰ひとりかえらない
誰ひとりいない　夜
ぬれても
ぬれても動《ゆる》がない
草があるなんて嘘だから
とどまらないふたつの窓をかきむしる
新月の舌が描こうとしているのかもしれない

みてよ。あのまぁるい　ガイアの覚醒がこわい
あかぁい都市の夜空にみえる
みえるだろう。そう
口籠もりながら
そうではなくて
ひとっこひとりいない
いっとき。かあさんも
だれも。気づかぬうちに
ぼくらも。みいぃんな死にたえる
いつかいっぱい。ふくらむ伝わらない語《ことば》は
そうにもみえる。血色ではなく
でっどらいん。拡散する
からくり（だもの
ふる
ふると
絶えず対立軸に

ゆらいで銃口をおしひろげ
ぼくらの自画像をゆがめようとする
子宮《こみや》の絵図には

あかぁい　それだけではない微粒子の音がある

Ⅲ

いま。美月の喉をつたう

美月。スカイツリーの喉をつたう
あかぁい月がゆるやかに溶けようとする

う
うおぅ
うおおぉうう
鐘のない鐘楼に
ヒト型の文字が動《ゆる》ぎ
さかまく幣に鎮もる
美月。謎めいて

アレ
種ノ斉庭《ユニワ》ニ
生。ガアフレ
水分子。ガアフレ
枝ガデキ。胞子ガアフレ
インプットシテイル　イルハズノ
絶エズ入レカワロウトスル　イクサバカリ
ダカラ列島ノ咎人ノ山ガイマ　イマ毀レル。毀ソウトスル
生カスコトモアリ殺スコトモアル。マヤカシデハナク
スナワチ死ス　コレ幸イナリ。と
身のうちにまとわりつく
するどい鈎爪
ゆら。ゆらめかせる
絶対零度。〈ぼくらの美月〉の喉をつたう
ヒト型の肌をゆっくりはう指捌き

草木の噎せるみどり。ではなく
はじけるみずも罠ではなく
間違いなくとがる
みずいろに
膨張する
子宮《こみや》の
ときがこぼれ
イクサがこぼれて
火を　土を超克する

身のうちを反転する、景《ひかり》またひとつ

口を窄め
喉をならす
かすかな呼気
呻いているようでもあるあれは

ぼくらで潮のにおいをさせ
よもの空にずりおちて
ほぐされて

太陽を背に三月

あわだつ列島に溶けようとする

ちらちらとあかぁい文字がそっと交錯する

もともとあかぁい鎖を結ばないぼくらは、語り
ぼくらは、いま〈文字《あれ》〉をみつめています

花祭り。においたつみきみか

もののふ家
ふと。そんなおもいがする
古木に注連縄をまきつけながら
それはそれはしろい玉葱のような手が
天地《あめつち》にうねる異火《ことひ》に透きとおってゆくのよ。と
ナイフのような玉兎が棲まう屋根裏部屋の扉から
唇にほそながい指を十字にかさね
起ちあがる。〈ぼくらの美月〉がいうのだ

水。ガアリ

森。ガアリ
花。ガアリ　それみきみか
においたつ子宮《こみや》をめぐる
方舟にそっと触れ　のぞきこむ
ほんのすこしすがたをかえながら
そうか。透きとおってゆくこともあり
でも。ひかる阿蘇の神随《かんながら》にたわむ帆が
謂われをふれまわることもある
甘酸っぱいからくり
ふるふると
あわだつ
離離の眼下に
花祭り謎めいて
月桃、アフアの物語は

息をふきかえすむすびめなり。と

さりならば、カガミの扉をあけよう。と
いま。うまれようとするぼくらにいうのだ

あばら家に
めぐるは遊びか
みきみか。みつみか
むすびめに起ちあがる
ぼくらはぼくらのそのなぁをしらない

春の栞

＊ぁ

あ。ふかぁい森にたんぽぽひとつ
木洩れ陽にちらちらもどっている〈いのち〉　息づかいは
あ。イヴ　あなたの脈。果実のようなまるい時空がきらり、と
ゆるいで。金属音デモ死デモナイシルシにそっと息をふきかけ
るまどやかな神話は　やはりあなたの聲ですよね
子《こ》宮《みや》の未来記にぼくらは誘われてはじまりの故郷からやってく
るのですが。むかしもいまもうごめく粒子　ふたあいの祈りが

ゆらいでいる蒼空でほろび　またたき　ふるえているぼくらの
裸身にまとわりつく〈くも〉に紛れている龍がいうことには。
天地《あめつち》は未来にもあるようで。龍がみせる。ひょんと顕れては消
える文明の陰翳《かげ》があやなす　乱世。星々の息がみだれるさま
ときには春が春になれない　たんぽぽがたんぽぽになれない現
象である。とか

氷河期の時代もあって
ずっとずぅっとむかし、むかぁしからの
ようなきもするが。いまいまがあるのは夢ではなく　どこか素
朴な〈みず〉と〈つち〉を身体が覚えているのは。ジョバンニ
とよばれているぼくらではない　もっともっとちいさな〈いの
ち〉が往きかっているからだ。と

生者と死者が気儘に往きかっている

蒼穹の
五次元の孔から
春の栞を

綿毛のしろさをいつのまにかしっかりとにぎりしめ
リーダーをもたないぼくらがつぎからつぎに地球《ほし》の蒼空にとび
だしていくからだと。でも　じつはね。手をつないでいないん
だよねひとりぽっちのぼく
息もつけないちいさなぼくらは
眼をしっかと瞑ったまま　ひたすら
螺旋のそとでうろうろするばかりで
右に左に　ふわりふぁり
もっともっとちいさな
き。ら。きらが
いっぱいある
あるのに

おちるのではなく
はじまりの故郷にむかって
上っていることにきづきませんでした
そんなぼくらをじっとみつめている。いいえ
そっと息をふきかけるのは
変幻自在に
その身を　身《みみ》をかくしている
イヴ。そんなきがします

＊＊お

おおぅいイヴ　イヴよ教えて
せわしくあつい体温の一部のような
息が乱れるひそやかなうねりのはじまり
風となって近づいてくるのでもなく
身のうちに響いてある

あまたのか。ぜ。が響いてある
祭囃子は　確か
イヴ。あなたの賑
ですよね。いまだなにものでもないぼくらを
さりさりと　いいえ音もなく啄んでいる明滅の
寸劇も。やはり
やはりあなたの聲
まだ。宣《いの》らんとする
言葉もないころのはるかむかぁしのこと

月と遊んでいる太陽に謎を問うてもいないころ

＊＊＊う

うそ。うそのようですが
となりで　うたい　おどっている

ぼくらにとてもよく似ている粒子
フォトンが頽れて
みえない星の　火を噴く闇が
ふつふつとあたらしい時をゆする
ゆすられて　身のうちを　囓りつづける　禍々しさ
そうともいえるかすかなイクサの気配に

ふ。とふりむくあれは、ね
聞き逃さない　聞き逃せない呪縛である。と

月からも太陽系からも
アンドロメダ星雲からもゆっくり拡散する
てのひらの子宮《こみや》の子守唄の響きは　だからさ

いま　いままさに
眼下のあかぁい女男《めお》のよどみから　うごきうごきて

うまれでるほろびは　予期事《あらましごと》。だなんて

＊＊＊＊ え

ええ
いまだなにものでもない
ぼくらの気配にきづいてもきづかなくても
それでも多くは山川草木の絵図になるはずであるぼくら
ぼくらを
かぞえきれない
愛スルものの飢餓と
愛スルものがたたかうイクサ
ヒトという種のつたなさを超えてそのままに
〈うつくしい　うつくしい〉といってほしいのですが
たった一日で終わるイクサもある　往きかう鬼のふるまい

そのようにもみえる
覚めやらぬ　まばたきの間の
戯けているのではない　非日常と日常は
やはりそのままに〈うつくしいんだ〉。と
ぼくらもそういいたい。いえるといいのにね
この地球《ほし》の眼下の濁流は
〈うつくしい〉とは
とてもいえない。いえないものですから

毀れそうな泥だらけの方舟にのって

いいえ
龍の背にのって

＊＊＊＊＊ い

いまや
ちらちらとあか。い
あの異火《ことひ》の発語。浮上する時限装置に
違えることなく呼応するふたあかりみあかりは

このちいさな地球《ほし》のあまたの土嚢。五次元の孔だから

〈みず〉と〈つち〉がある
もえさかる　天地《あめつち》のただなかに栞をたどって還れるのは
こきざみにふるえている身のうちのあまたの傷に
死デハナイ身ノ丈ノシルシに
ひょんと咲いてみせる　たんぽぽの
ひょんと聲をあげようとするたしかな春意
春、の響はいつだって、いまも、ひとりぽっちの

ぼくらに似ているものですから。迷わずに……還れるといいが
ちいさく　ちぃさくまるまっている通路なのにね
そのすぐそこ　そこに　ぼくらの故郷があるというのにね

＊ジョバンニ　『銀河鉄道の夜』から

アラルの、Memento mori

太陽系の
エウロパでもない
ハビタブルゾーンのまんなか
二〇〇〇〇〇〇年前の古代湖に喚がる声
からくりまわす二艘の方舟　ひとこえ、ふたこえ
平和であれば水夫《かこ》の声さえ
東のはてにも響くはず。だが
さいころをふらない
神がいるここはちいさな島国
天変地異の津々浦々を眺むれば

ひとぅつふたぁつ
みすえる
指の先の　あのひとり
朱の指文字と死が溶けあう
皺ひとつない絵図に透けてみえる
アラルの水平線が
じりじりっ。近づこうとする
もどらない〈むおん〉のイクサに
するりと私語をおとせない
寡黙なかあさんがいる
ぼくらがいる

みてよ。かあさん

あかぁい
奇すしき背　龍の咆吼が

みぞおちにうごめいてみえる
お呪いはそうなのか。綻びだとすれば
た
たたっ。た
ちいさな島国に鼠がおちて
真斯う　あるときに摑むしかない
そうみえるポリアの壺がぽんと弾けて
発生と消滅をくりかえす
籬の炎
中央アジアの西の
風のないそらの光年を
往きかう　うちなる龍が撥ねる

みてよ。まぁるい星を

うちそとに

平和な地形をつくろう
つくろうとするラジアル線維のような
アムダリア川とシルダリア川を
どのように結びあわせるのか
どのように消そうとするのか
そういうこともある
ひゅんひゅんなぁんて
ひそひそ話がそうさせる
謎めく子宮《こみや》にはそういうこともある
かあさんとぼくらがくりかえす
干涸らびる　覚醒する　アラルよ
ひそやかな等価のノイズよ

いっとき発火する
ヒトのかたちに孵ろうとする

ぼくらの、あいさつ状をたずさえる形状記憶のはてを
みてよ。変わるに変われない
夢。だもの

かぐやの物語

甘酸っぱいかぐやの姫の背がのびる
月にまでするするとのびるものですから

またたく
発語なかりせば
さ。ゼロにむかう
螺旋状の時間があり
あちこちに虚の首都をうむという
ひどい引っ掻傷がいつまでも癒えない
なくてはならない月の絵図に

神ではないぼくらの
いくつもの手がいうのだ
どんな色をかさねよう。なんて
どんな絵草子か。なんて
かの星にいってみるか

息づまる地底に〈はな〉なかりせば
むかぁしからの磯宮があり　昴の國と呼んだのはいつか

ひぃ。ふう
みぃ。よ。い。む。な
なくてはならないハビタブルゾーン
ふりつもる〈ゆき〉に埋もれそうなぼくらは
かの星のちいぃさな水槽に浮いたり沈んだりする
種種《くさぐさ》にからまりながらお祀りをする
さこそ三月　目覚めることもあり

蒲公英　水仙　蓬にならんならんとする
はな　くさぐさにならんとする
一三〇〇〇年ごとの
フォトン・ベルトのイクサに連なる
ボクラノモウヒトツノ名ァハ
ほんとうはね　かろやかに
子宮《こみや》を囓ったり塞いだりしている
いつまでも遊びざかりでいい美月だ。なんて

あわあわと纏わりつく
つかめないかたまりがぼくらだとすれば
めぐり　めぐるはずなのに
ときにちいさな息がとまるものですから
結びめの位置がかわるのもみえないこともあって
地底から噴きあがる水蒸気がまぁるい形になろうとするまえの
パラレルワールドの跳ね橋をくぐってしまうこともあり

いつものように　きらめかず　ざわめかず
イツモノ銀河ノ駅ガナイ
なんてこともあって
でも。覚えているかなんて
だが輿にのってふらふらとどこへいくかなんて
貌のないおばあさんとおじいさんのせんない物語だなんて
そんなことはない。ふたたび　みたびのからくりは
きえ　かつむすびてある〈かぐやのちちんぷいぷい〉

ぼくらの竜巻《のりもの》はすでにきえようとしています
ちぎれんばかりに種種《くさぐさ》がそよいでいます

くらいけれどいまは夜でもなく
まだそこだけ美月でもなく

夢記

いま
加我よひ
咲きついで
滅びんとする
子宮《こみや》のけうらなる
草ばかりの山裾から月の都にきえんとする
小野小町でない。最新映像のかぐやが内蔵する
写絵のたくらみ。ため息ひとつ
きと影になりぬ。ではなく
まるごと反転させるか

おおぅい羽衣
たたかいの　やわらぶ嘘もあり
そこだけ炎たつ。脳梁に

岩
また岩
ゆかりの岩が
三五〇〇年も眠りこけていることもあり
だから夢記のつづりになる一本の神木がめざめ
すでに身の内の　翁媼を超えて
ちぎれんばかりにひといろのみずが連なり
一と〇が連なる数字がどんな形になるか。なんて

知っていても知らなくても

まぁるくなれない
きょうばかりはまなかいの
草がゆるやかに結ばないこともあり
イクサを伝えんとする士《つはもの》。夢記《みぃむ》は
絶えず伝えんとする煙りにならないこともあり
そういうこともある。左まわりの
螺旋状の
背丈ほどにはなれない
みどりの結びめ。籬の私語《ささめき》そよぎ
ぼくらは
いれかわりたちかわり
頑是ない児であろうとするために
みな月の

いま
あけて
天変地異の
津々浦々を眺むれば
などと。謎めく
子宮《こみや》にはそういうこともある

楕円にならんと。あかい羽衣そよぎ
あれ籠のかぐやがおちて。かくし扉がひらいて

宙《そら》ゆるがす。明日になるのか
そこだけ炎。たつ脳梁に
ひといろの。螺旋状のみず奔り
最新映像の。かぎ爪の形がいい方舟
天地吼える。古代語の結びめに翔べるか
籠のかぐや。籬のためいきひとつ夢記ひとつ

ぷらずまの、あとの

*

微笑みは
黒薔薇ではなく
子宮《こみや》のあかぁい薔薇

でも
抉られる
臓をもたない
千本の手をもたない

アヴァタァラ
陽子崩壊することもあり
みえざる、あら。これは
相転移に眼をそっととじる。だけでいい
たちまちにして誰がいったか。なんてこともなく
いますぐ膨張をうらがえしにすれば。なんてこともない
でも。あかぁい〈みすと〉に森がひりひりするものですから
神籬に赫やく
身ぶり手ぶりがたち
はじける予期つくりだそうと
あ
あっ。と
いうまに縋れはて
まるごと再生する
から。からころぅん

あかるすぎる乳母車の軋み響く
炎の岩をすりぬけるだけ
手を携え驚かしたりはしない。〈美月〉の祭

でも
みえないはず
はずの祭なのに
ゆきずりではないから
ふと可笑しくて
くすっと笑う
おかしなおかしな
まどろみは
すこしちがって
こぞって〈美月〉の縒糸を放出する
みえざる、あら。これは

＊＊

〈美月〉が話す
〈美月〉を放す
〈美月〉を離す
〈美月〉が離れる
〈美月〉が相《すがた》を変えんとする

ヒトという種。まなかいの

あか
あお　き
あつすぎる宇宙誕生から
三八〇〇〇〇年後の
ぷらずまを弾きとばすはれあがりに

まなかいを超えてばらばらに奔る
えめらるど色
夢たがいは
さすがに怖いものですから
もうすこぅし眠って

あかぁい色を
くぐりぬけようと
すれば。ぷらずまの、あとの
隙間なく。なんて 言《はなしことば》がふってきて
そのずっとあとの
たった
一度でいい
花にのみならんと
みず。みずがあって
めくるめくみずに繫がって

被子植物すべてのイクサに覚醒する
おのずからなる仮和合は。あなたか

原田道子（はらだ・みちこ）

一九四七年高崎市生まれ

既刊詩集

『春羅の女』（一九九〇）
『新宿・太郎の壕』（一九九二）
『天上のあるるかん』（一九九六）
『カイロスの風』（一九九九）
『うふじゅふ　ゆらぎのbeing』（二〇〇二）
『原田道子詩集』（二〇〇八、砂子屋書房版現代詩人文庫）
『曳舟』（二〇〇九）

エッセイ

『遠いお江戸の昔から』（一九九七）
『続・遠いお江戸の昔から』（一九九八）

現住所

一九二—〇九一一　東京都八王子市打越町三四五—二—一—五〇三

かわゆげなるもの

著者
原田道子《はらだみちこ》
発行者
小田久郎
発行所
株式会社思潮社
〒一六二―〇八四二　東京都新宿区市谷砂土原町三―十五
電話〇三（三二六七）八一五三（営業）・八一四一（編集）
ＦＡＸ〇三（三二六七）八一四二
印刷所
三報社印刷株式会社
製本所
小高製本工業株式会社
発行日
二〇一六年六月三十日